村瀬範行（むらせのりゆき）

オレは　けしごむの　ケシカスくん。
ぶんぐの　おうさまだ。

のり

おいしいカステラやさん
オープン。

カステラ
へえ、たべたいな。
よーし。

きょう　いただく
おたからは
このカステラだ。

みごとな
へんそうだろ?
オレ　ケシカス(けしかす)くんは
かいとうなのさ。

ケシカスさん、
ちんちんが
でています。

きゃー、しまった。

ふくを　もどして、

マスク(ますく)を
かく。
これで
いいだろう。

こんどは　おっぱいも
でています。
きゃー。
ふくは
あたらしく
しましょう。

カステラやさんに
てがみを　かけ。
ははー。

ぬすみに　いくことを
しらせる　よこくじょうだ。

はいけい。

よいきせつで すごしやすく なりましたが

おかわりなく おすごしでしょうか。

このたびは カステラやさんを

かいてんされ おめでとうございます。

こんごの ごかつやくを おいのり

させていただきます。

こことここをけして・・・。

はい

よいきせつで すごしやすく なりましたが

おかわりなく おすごしでしょうか。

このたびは カステラやさんを

かいてんされ おめでとうご

こんごの ごかつやくを

させていただきます。

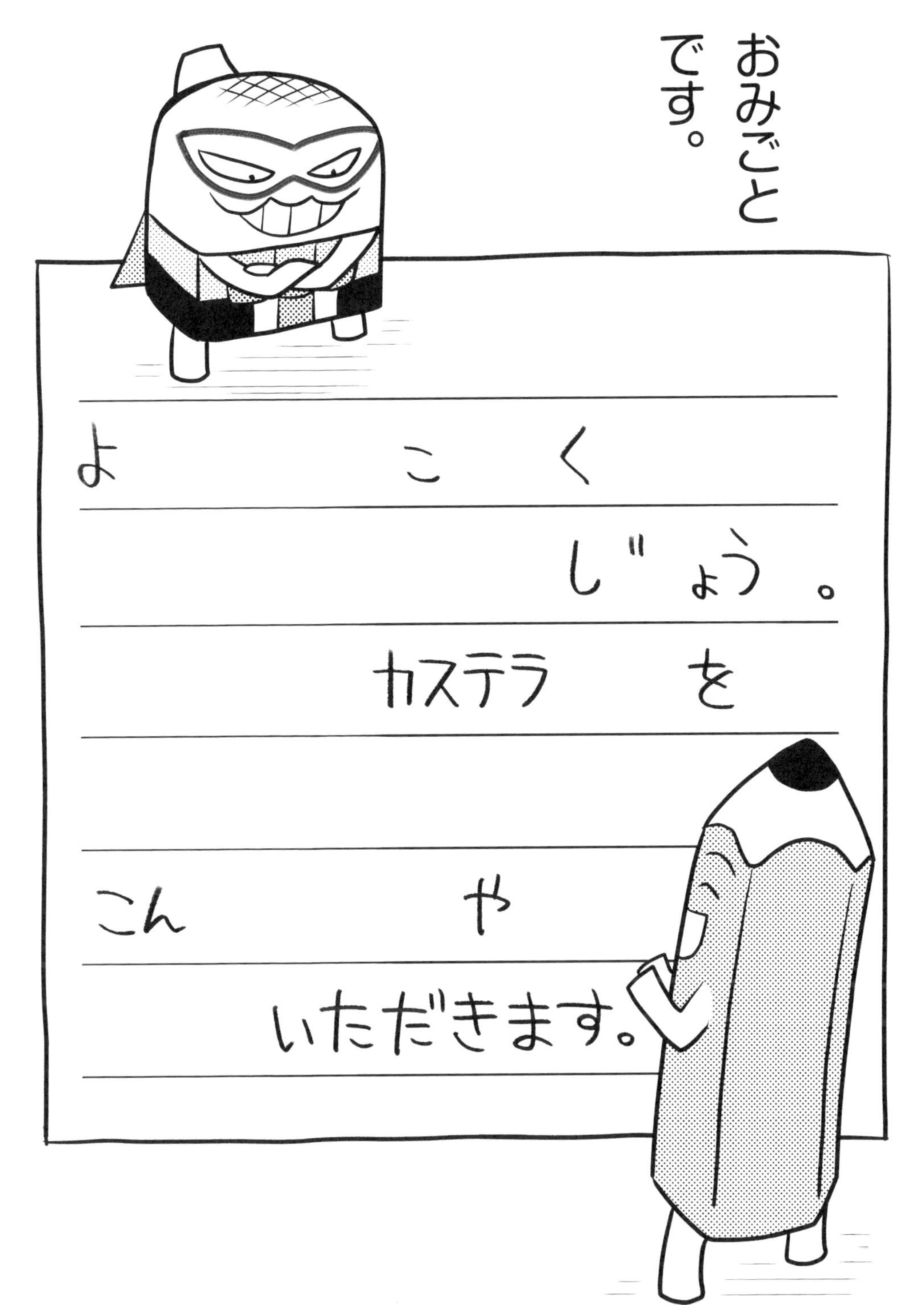
おみごとです。
よ　こ　く
じょう。
カステラ　を
こん　や
いただきます。

ここは
あたらしくできた
カステラやさん。

とっても
いいにおい。

いらっしゃいませ。

よくじょうを
とどけに　きました。

こんや？
おみせは
おひるまでしか
やっていないのですが。
よ　こく
じょう。
カステラ　を
こん　や
いただきます。

ごめん。でも よこくじょうに
かいちゃったから。
よるに
またくるから。

たいへんな
ことに　なった。

よこくじょうの
ことを　しって
けいさつが
やってきました。

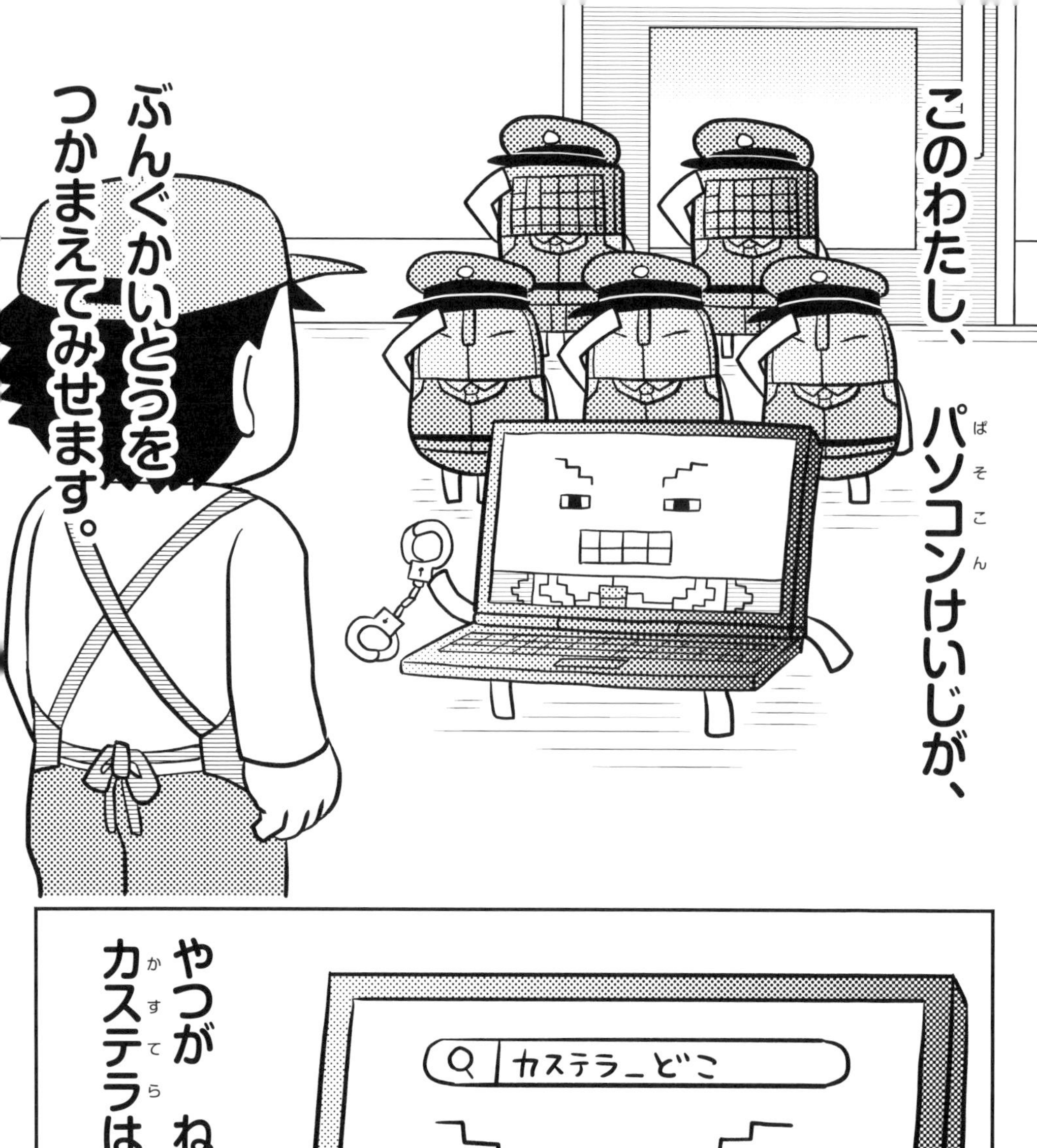
このわたし、パソコンけいじが、
ぶんぐかいとうをつかまえてみせます。

やつが　ねらっている
カステラは　どこですか？
カステラ_どこ

カステラ
うりきれて　しまったので、
いそいで　つくります。
そう
ですか。

あれ？
つくる
ひつよう
ある？

カステラ
カステラ
ぬすみにくるやつのためにつくっておくの？

よる。
カステラやさんに
かいとう
ケシカスくんが
やってきました。

しずかに。
しずかに。
しずかに。
しずかに。
しずかに。
しずかに。
しずかに。
しずかに。

ケシカス（けしかす）さんが
しんぱい　なんです。

おまえたち、
そんなに
オレのことを…。

ありがとう――!!
たよりにしてるぞ――!!

こっちだ。　こっちで
こえが　するぞ。
しまった。　つい　おおごえを
だしてしまった。

わたしたちに　おまかせ　ください。

カステラや

むむ。だれも　いない。
きのせい　だったか。
おいしい
カステラ

みせのなかに　はいりましょう。
あっ、
なんてことだ。

ドア(どあ)に　かぎが
かかっている。
そりゃ
そうでしょ。
わたしが　かぎを
あけてみせます。

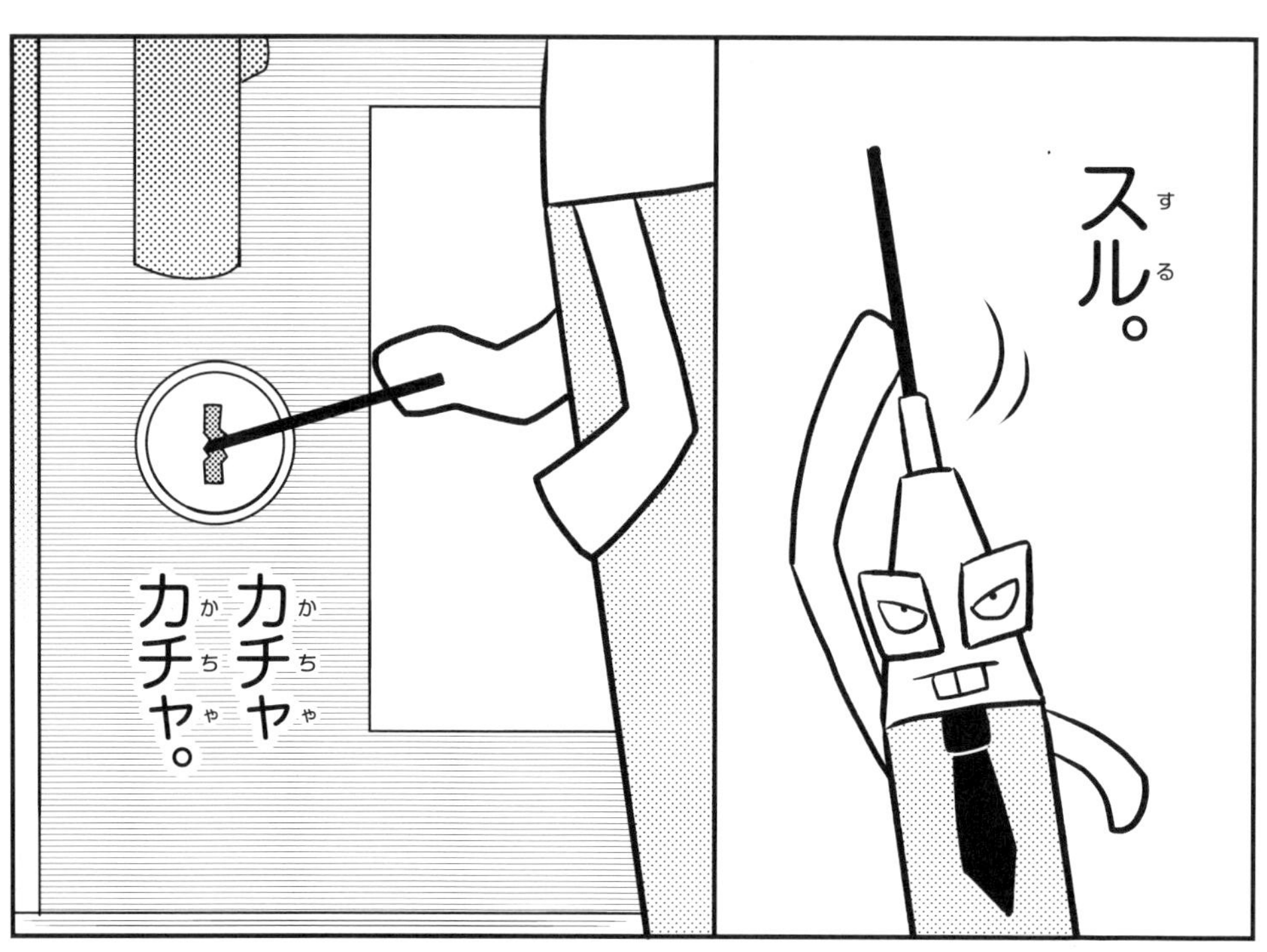
スル。
カチャカチャ。

もうすぐ あきますよ。
おお、すごいじゃ ないか。

ポキッ。
ズコー。
あそこの
まどが
あいています。

わたしで　ジャンプ(じゃんぷ)してください。

なるほど。

そのさくせんで
いこう。

3、2、1…、

はっしゃー。

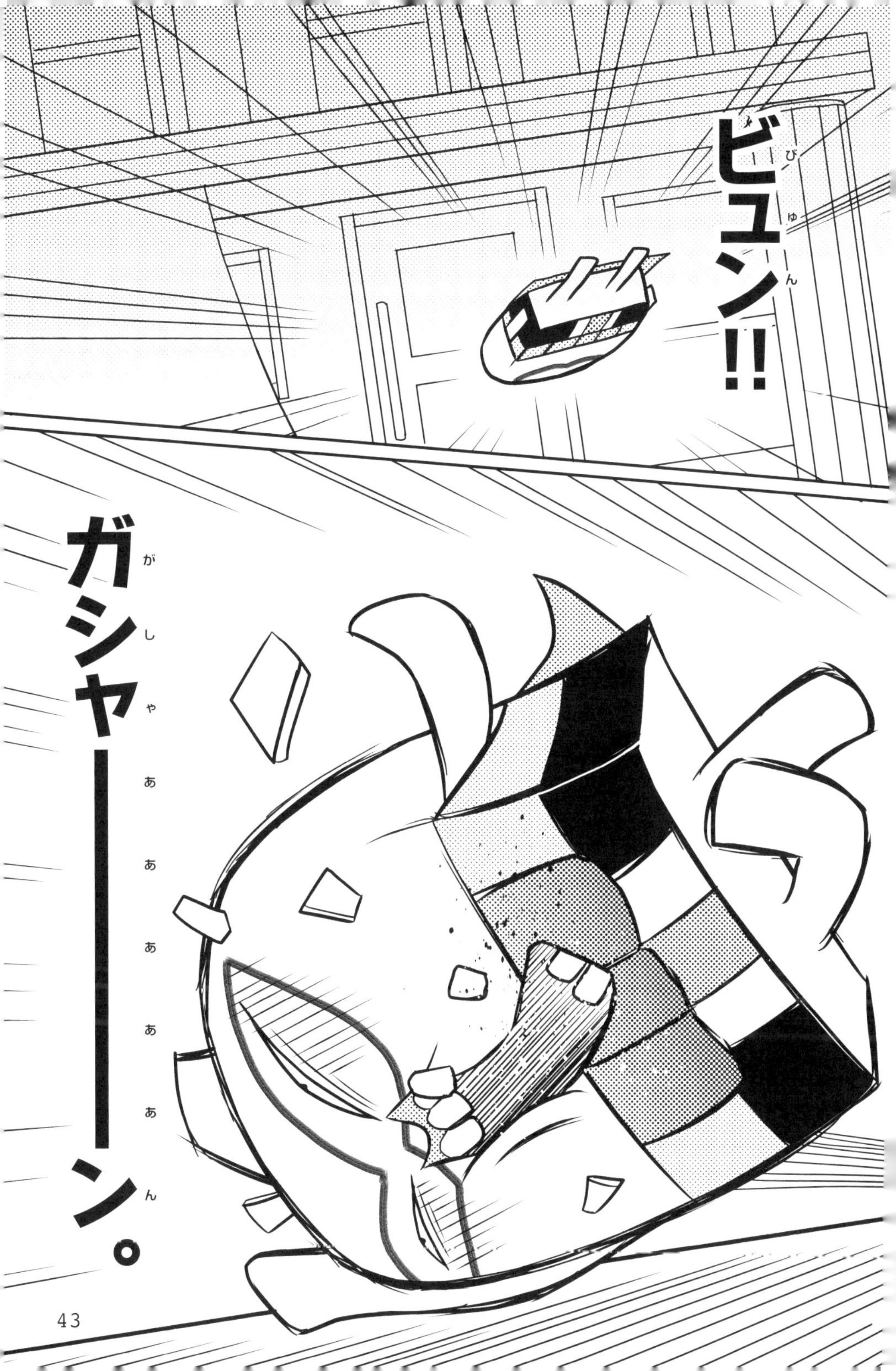
ビュン!!
ガシャーーン。

ぶじに　はいれましたね。
ぶじ　じゃないよ。
みてください。
このへや　ワナが
しかけてあります。

さわると
やばそうです。

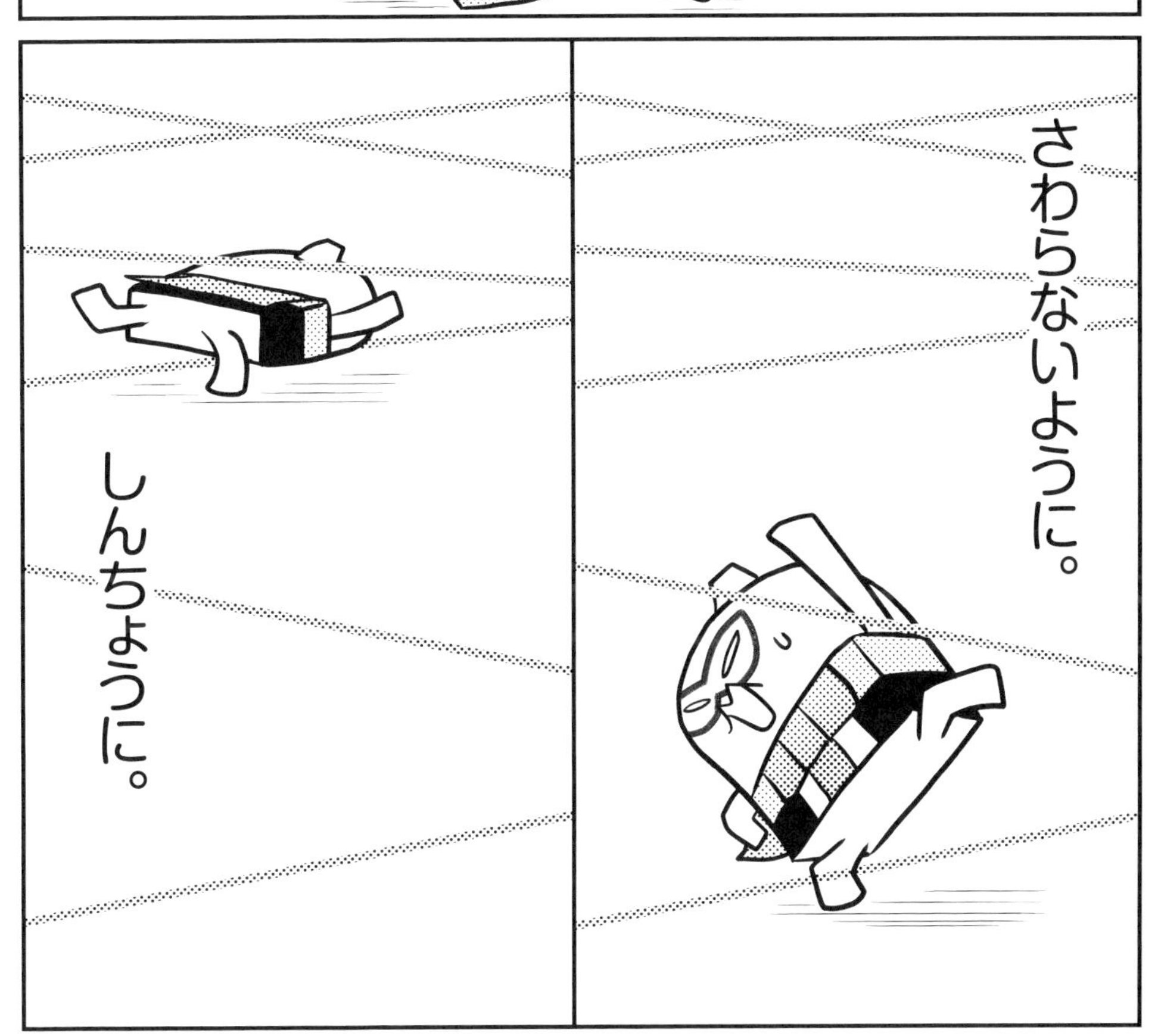
さわらないように。
しんちょうに。

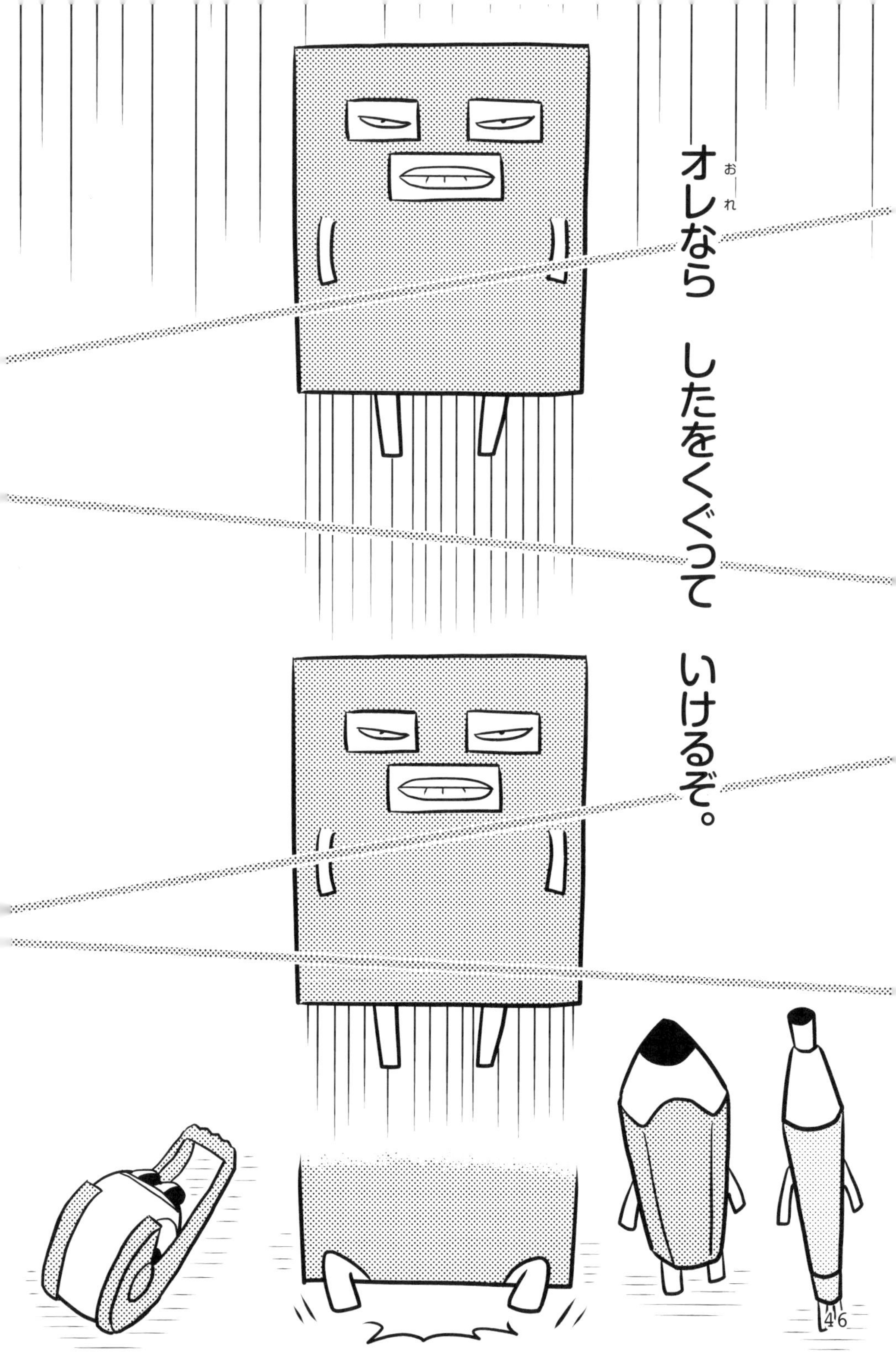
オレ(おれ)なら　したをくぐって　いけるぞ。

ガツン。
がつん

おい。
おいおいおい。

スパン。

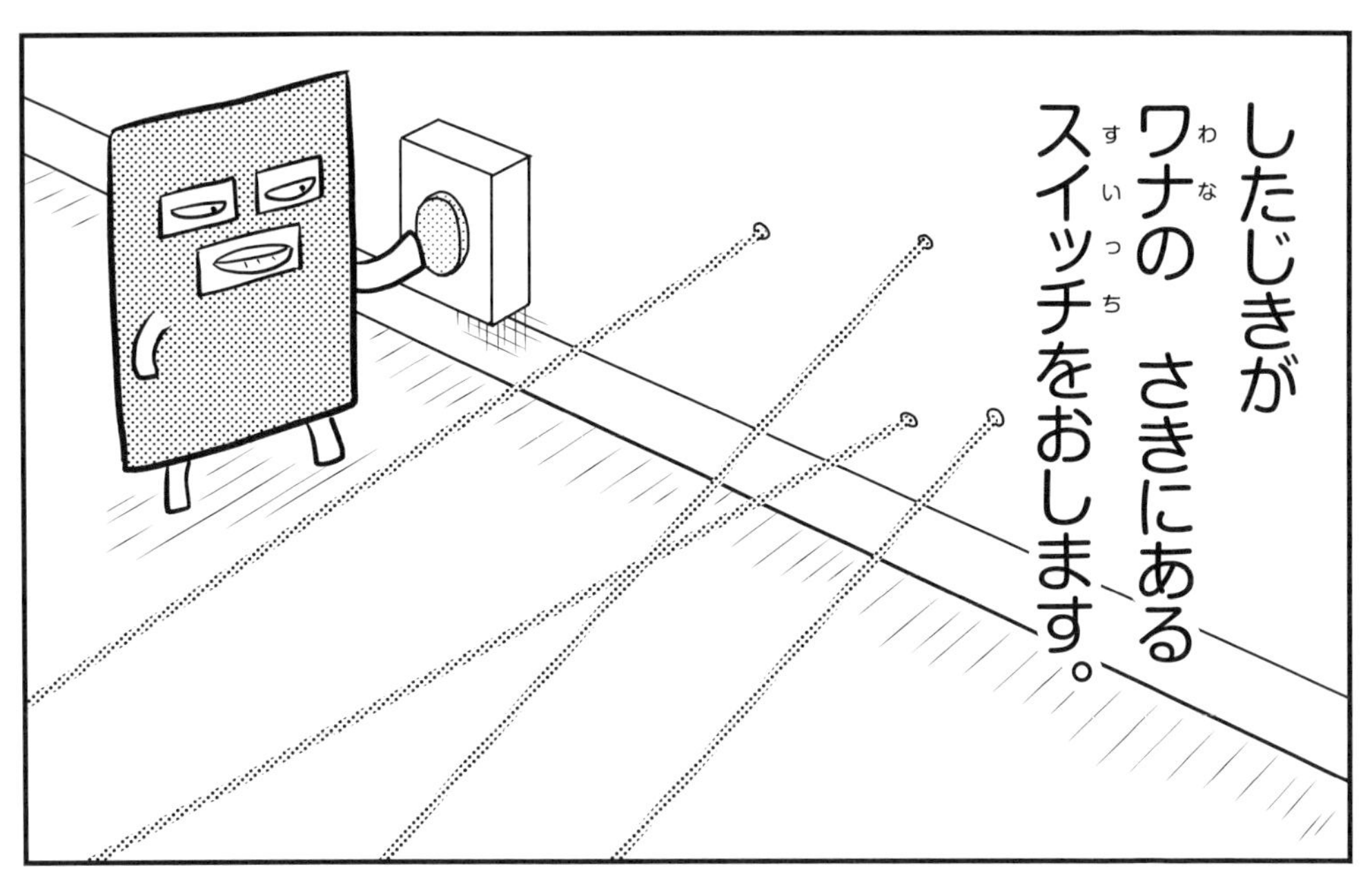
したじきが
ワナの　さきにある
スイッチをおします。

ワナがきえた！
ケシカスさんは　ぶじか？

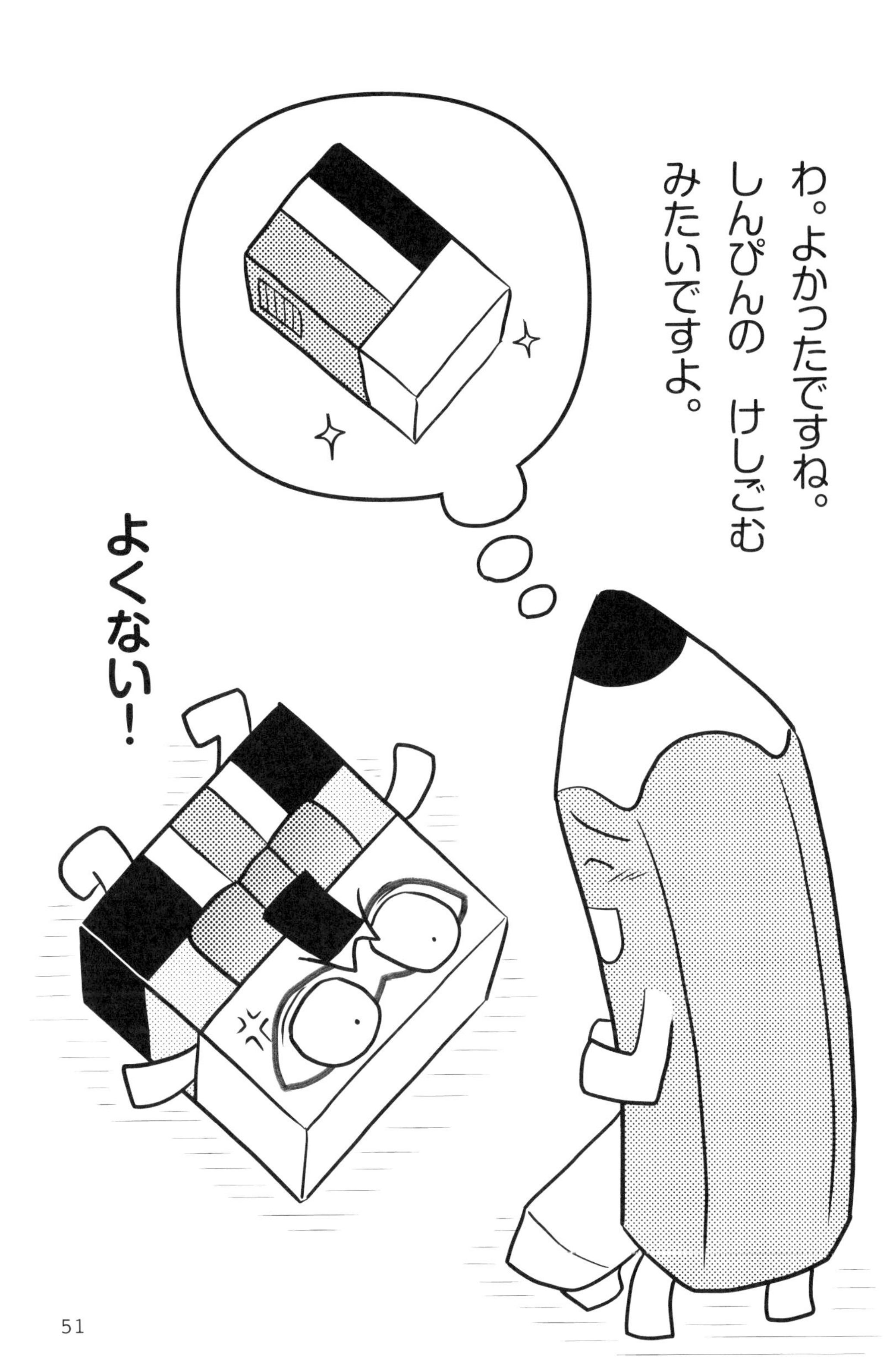
わ。よかったですね。
しんぴんの　けしごむ
みたいですよ。
よくない！

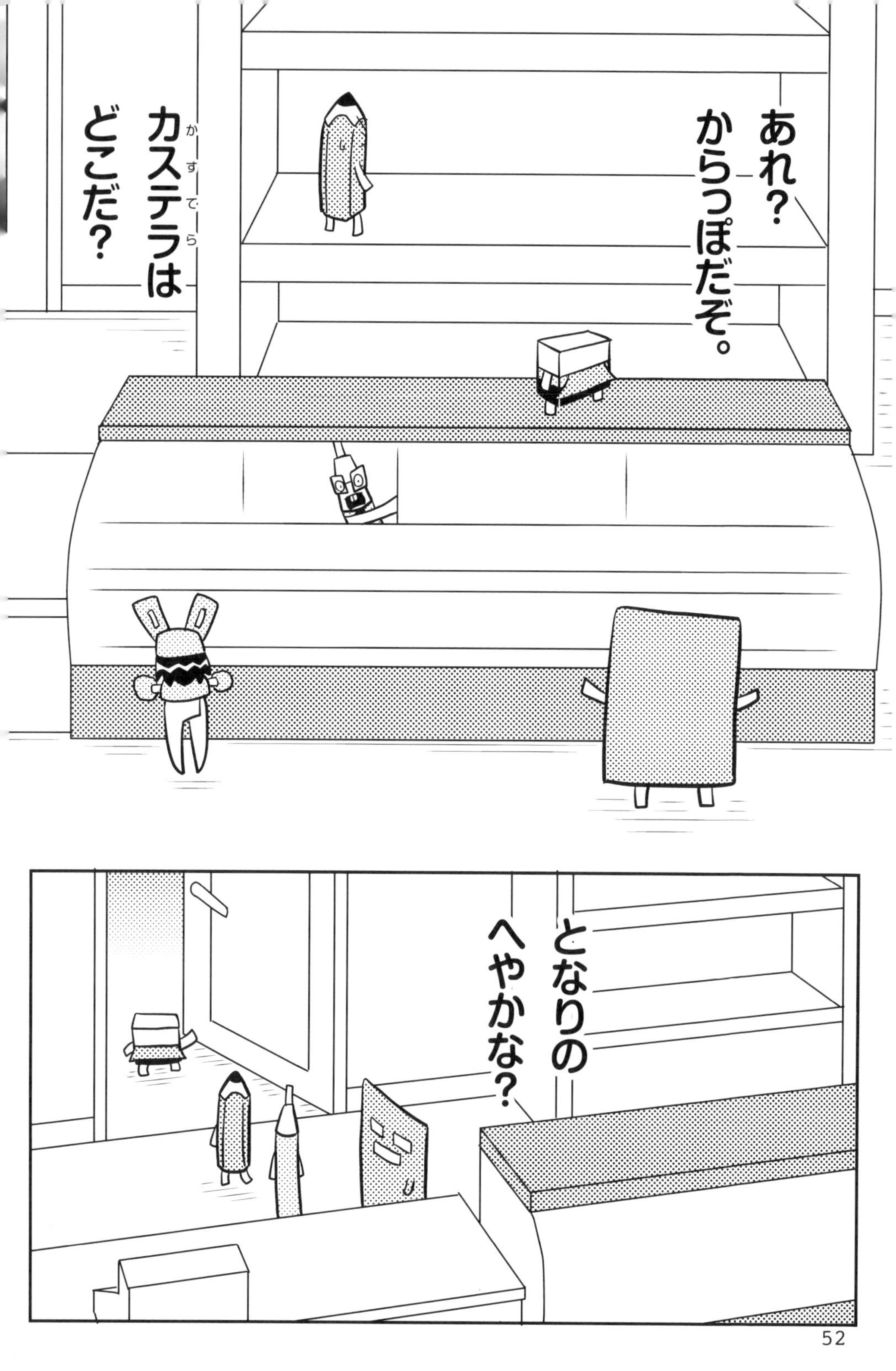
あれ？
からっぽだぞ。
カステラはどこだ？
となりのへやかな？

カステラ
あった。
カステラだ。

でも　けいさつが　みはっています。

ぺたぺた。

かいとうは
へんそうが
とくいなのさ。

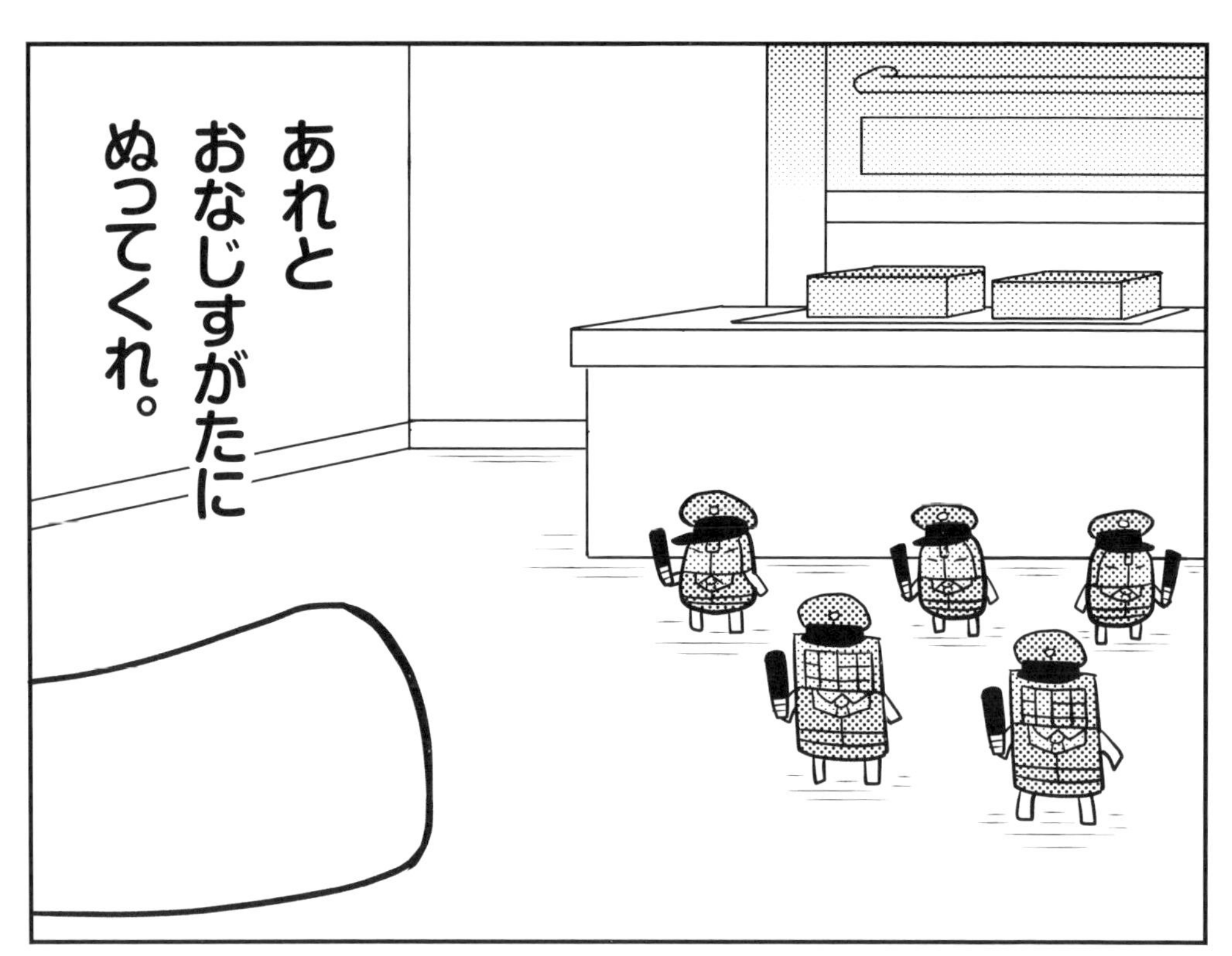
あれと
おなじすがたに
ぬってくれ。

けいさつの　すがたなら
あやしまれずに　すすめるぜ。

ありがとう。
おまえたちは
ここで　まっていろ。

かいとうは
いたか?
あっちも　よくさがせ。

ピーッ。

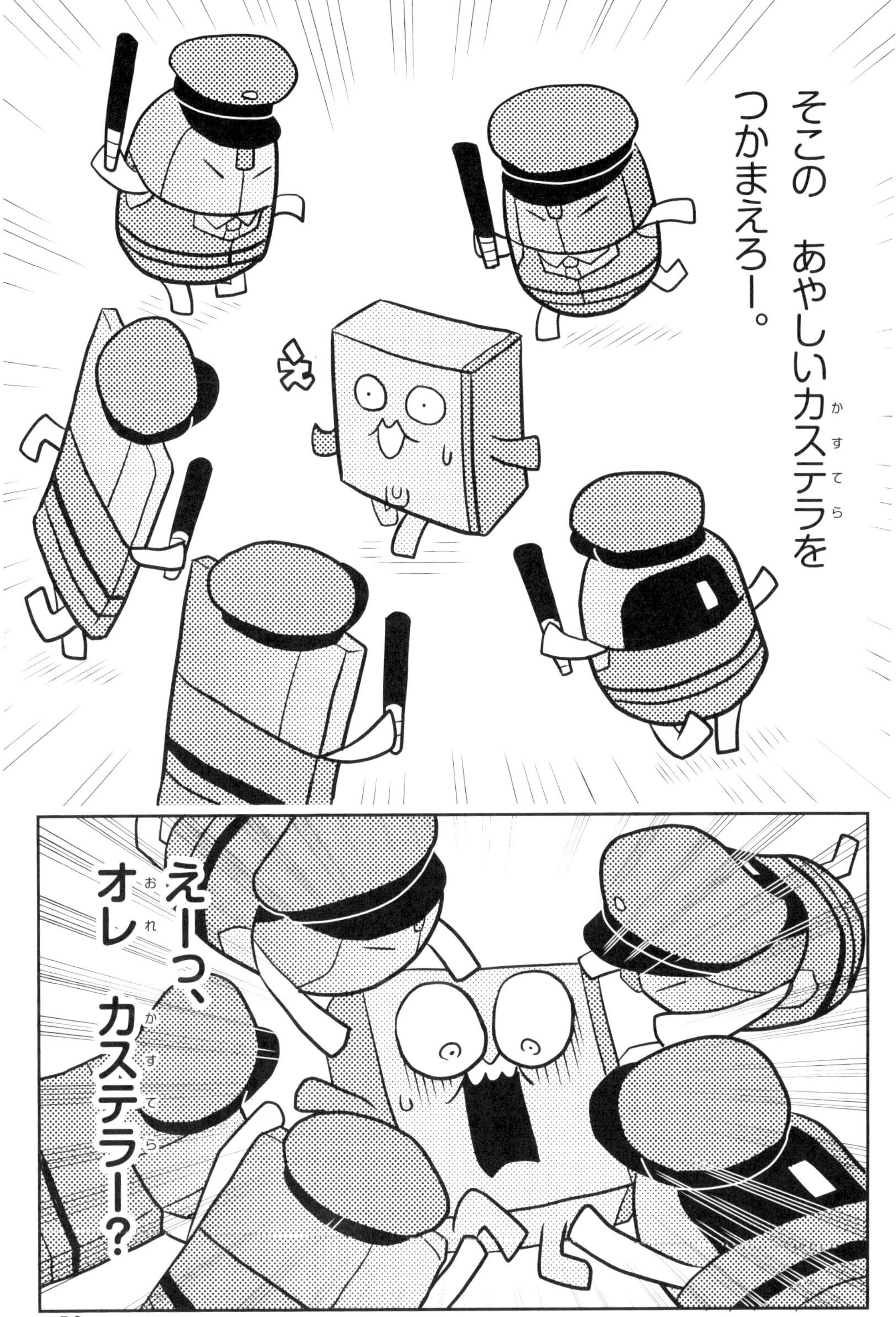
そこの　あやしいカステラをつかまえろー。
え
えーっ、オレ　カステラー？

だい ピンチ！

ケシカスくんは
つかまってしまいました。

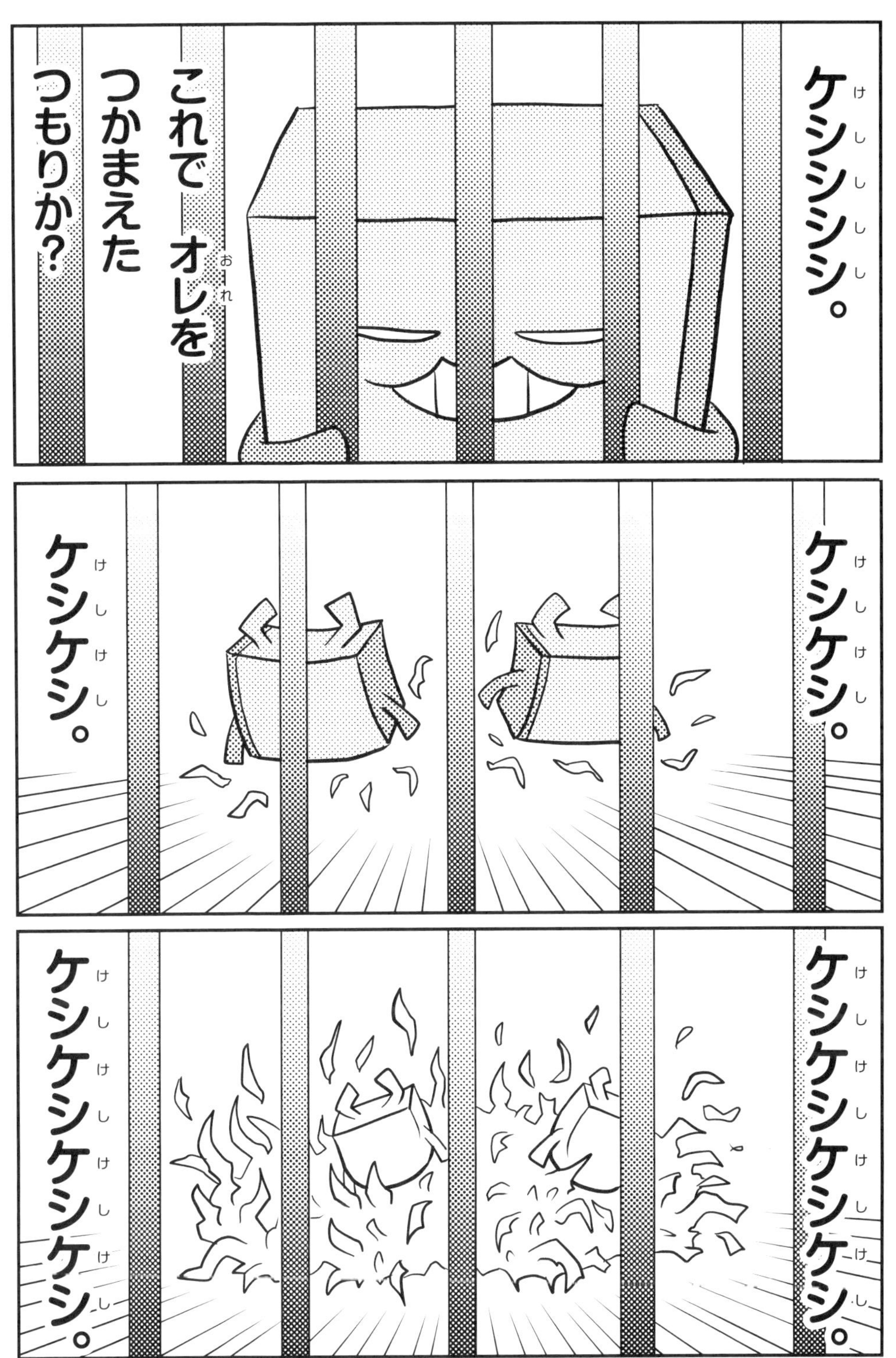
ケシシシシ。
これで オレを
つかまえた
つもりか？
ケシケシ。
ケシケシ。
ケシケシケシケシ。
ケシケシケシケシ。

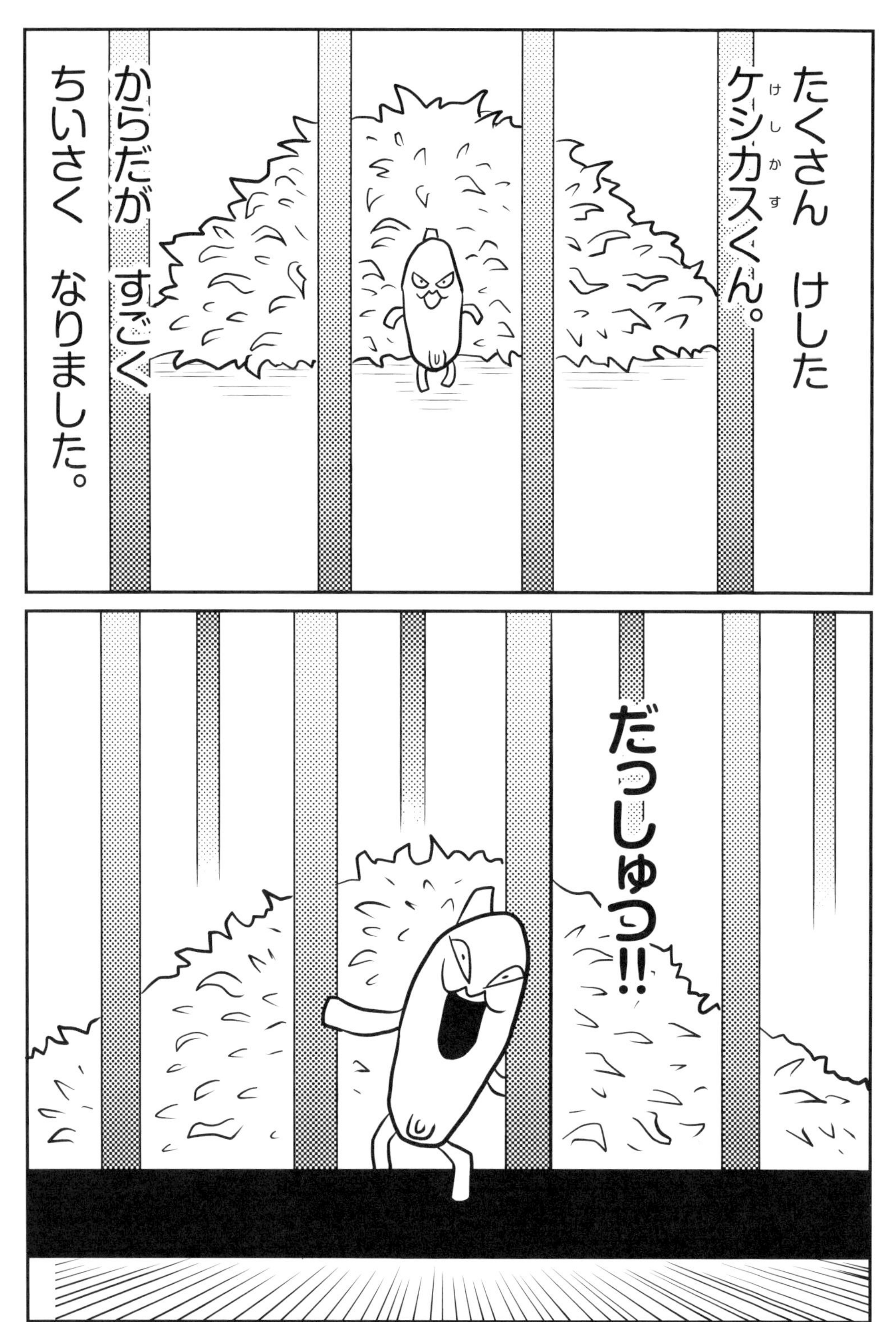
たくさん　けした
ケシカス(けしかす)くん。
からだが　すごく
ちいさく　なりました。
だっしゅつ!!

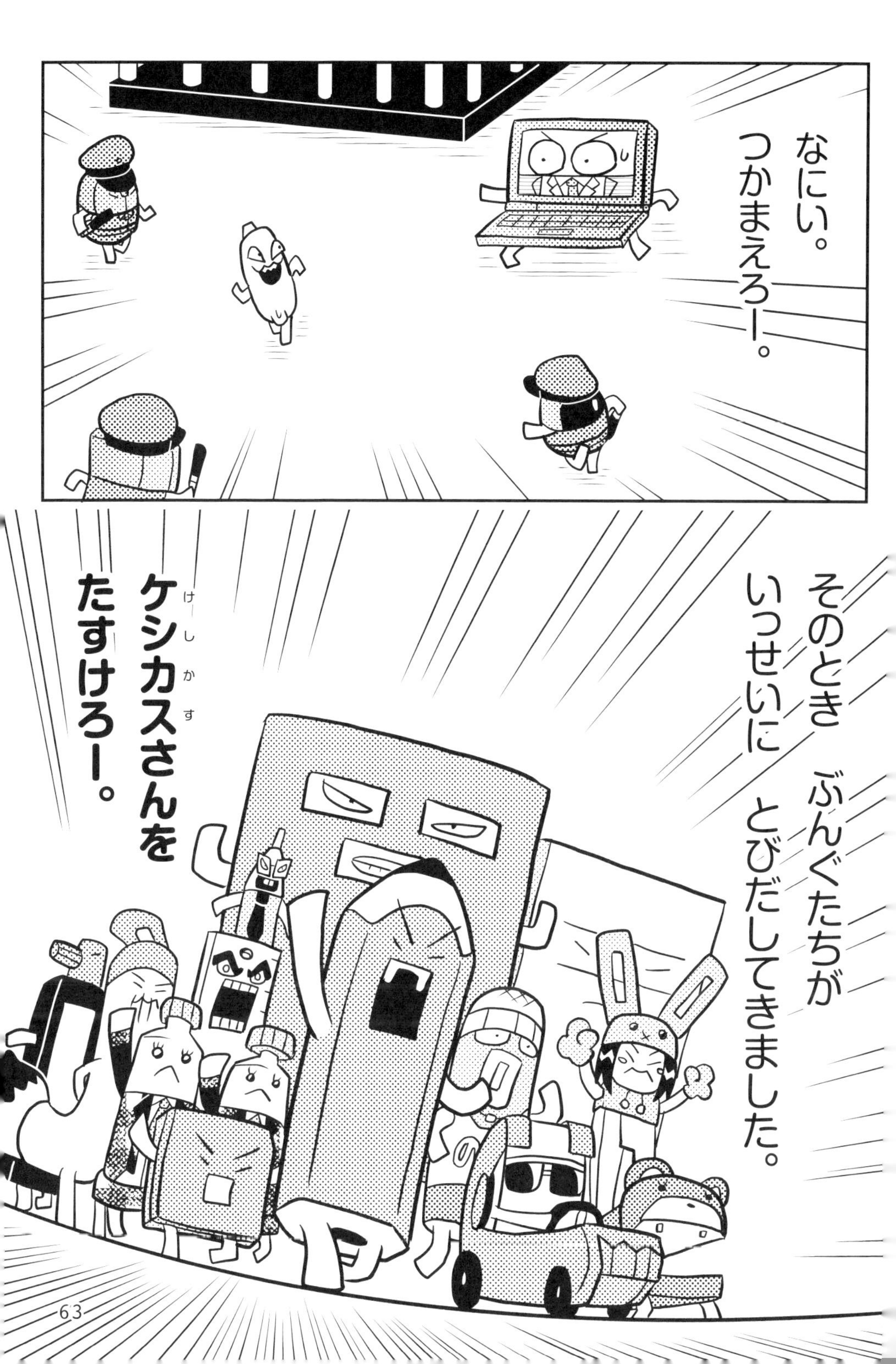
なにい。
つかまえろー。
そのとき
いっせいに
ぶんぐたちが
とびだしてきました。
ケシカス(けしかす)さんを
たすけろー。

うわあっ。

ぷしゅう。パソコンけいじたちは
でんちがきれて　うごけなくなってしまいました。
やったぞ。
でかした　おまえたち。

はい。
さあ、はやくカステラを。
カステラやさん、カステラを　いただくぜ。

カステラ
まいど。
はっぴゃくえんです。

え？ おかね？

おかねを　はらわないと
どろぼうだよ。

いっしょうけんめいつくった
カステラを　どろぼうされたら
ぼく　かなしいよ。

カステラ